L'IN-PROMPTU

DU SENTIMENT

BALLET ALLÉGORIQUE,

De l'invention du Sieur NOVERRE.

Donné fur le Théatre de Lyon, en préfence de
MADAME LA DUCHESSE D'AIGUILLON & de
MADAME LA COMTESSE D'EGMONT, à l'occa-
fion de la Victoire remportée fur les Anglois par
M. LE DUC D'AIGUILLON, fur les Côtes de
Bretagne, le 11. Septembre 1758.

A LION,
De l'Imprimerie d'AIMÉ DELAROCHE, aux Halles de la
Grenette.

M. DC LVIII.
AVEC PERMISSION.

PERSONNAGES.

APOLLON.

MARS.

L'AMOUR.

LES GRACES.

LES MUSES.

Les Génies tutélaires de la France.

OFFICIER FRANÇOIS, *représentant* LE DUC D'AIGUILLON.

Troupe de Grenadiers François.

OFFICIER ANGLOIS, *représentant* L'AMIRAL DE LA FLOTTE.

Troupe de Gardes Angloises.

A MADAME,

MADAME LA DUCHESSE D'AIGUILLON.

Madame,

La Fiction ne paroît jamais avec autant d'avantages sur la Scene, que lorsque l'Artiste l'emploie à célébrer les Héros dont le nom est gravé par la reconnoissance dans le cœur des Spectateurs. C'est cette heureuse circonstance qui a fait applaudir le Ballet que vous avez honoré de votre présence, & dont vous m'avez permis, Madame, de vous offrir le Programme. Apollon vous y donna

la Lyre, les Génies & les Muses
s'empresserent à vous rendre leurs
hommages, & Mars présenta les
Lauriers si justement dus à Mon-
sieur le Duc d'Aiguillon. Que
ne puis-je, Madame, vous faire
célébrer par tous les Dieux ! Que
ne puis-je vous consacrer le peu de
talents que j'ai reçu de la Nature !
& vous donner par-là des marques
de mon zele & du profond respect
avec lequel je suis,

Madame,

Votre très-humble & très-
obéissant serviteur,
NOVERRE.

L'IN=PROMPTU

DU SENTIMENT,

BALLET ALLÉGORIQUE.

Le Théatre repréfente une forêt. Sur la droite on découvre la cime du Parnaffe. Une partie de ce Mont eft dérobée par des remparts de fleurs, & fur la gauche on apperçoit le Temple de la Gloire.

SCENE PREMIERE.

UNE troupe d'Anglois portant l'uniforme du Régiment des Gardes de cette Nation, paroît fur la fcene ; l'Officier qui la commande lui fait faire l'exercice & plufieurs évolutions militaires , après lefquels il ordonne à fa Troupe de forcer les remparts qui lui dérobent le Parnaffe , & de vaincre les obftacles qui l'empêchent de monter au Temple de la Gloire : en conféquence on forme les attaques, mais elles font inutiles. _ Des Génies , Protecteurs de la France, s'oppofent à leurs efforts, & détruifent leurs projets.

SCENE II.

Un Officier François, repréfentant Monseigneur le Duc d'Aiguillon, avance à la tête des Grenadiers : fa préfence jette l'effroi & l'épouvante dans la Troupe Angloife ; ceux-ci abandonnent leurs deffeins pour fonger à fe défendre. Le combat s'engage, mais la victoire fe décide bientôt en faveur des François qui terraffent à leurs pieds les Anglois, à qui ils arrachent les armes. Les vaincus implorent la clémence des vainqueurs, & comme le fentiment d'humanité eft le caractere diftinctif de notre Nation, les François leur accordent la vie, mais ils les font prifonniers.

SCENE III.

L'Officier François & les Grenadiers victorieux de leurs ennemis, le font bientôt des obftacles qui s'oppofoient à l'ambition des Anglois. Toutes les difficultés s'applaniffent. Les remparts qui déroboient le Parnaffe, difparoiffent à l'inftant. Les Génies qui défendoient l'entrée du Temple de la Gloire, la rendent facile au Duc d'Aiguillon.

SCENE IV.

On découvre entiérement le Parnasse ; Apollon est placé au milieu des neuf Muses. Mars paroît dans le Temple de la Gloire, & y reçoit l'Officier François. Ce Dieu descend du Temple: Apollon & les Muses descendent en même temps du Parnasse. Mars présente une Couronne de laurier au vainqueur.

SCENE V.

Cette Fête étant consacrée au mérite & à la beauté, l'Amour & les Graces y sont admis. Ce Dieu s'occupe à former, de concert avec les Graces, une guirlande de roses, de myrthes & de jasmins.

SCENE VI.

Apollon donne sa lyre à la Muse de la Poésie ; l'Officier François remet ses lauriers à la Muse de l'Histoire, & l'un & l'autre engagent ces deux Déesses à les présenter à Madame la Duchesse d'Aiguillon. L'Amour sensible à la victoire des

François, mais encore plus touché des charmes de Madame la Comteffe d'EGMONT, s'empreffe avec les Graces à rendre hommage à la Beauté. Il offre à cette Dame la guirlande qu'il vient de compofer, comme un tribut qu'il doit à celle qui fait l'ornement de fon Empire, & comme le fymbole de la chaîne qui lui attache tous les cœurs.

SCENE DERNIERE.

LES Mufes & les Génies forment le corps du Ballet, les Graces y danfent les principales entrées, & ce divertiffement eft terminé par une Contre-danfe générale, où l'Amour préfide. La derniere figure offre un grouppe où ce Dieu fe laiffe aller dans les bras des Graces & des Mufes.

Permis d'imprimer A Lyon, ce 3. Octobre 1758.

PERRICHON.

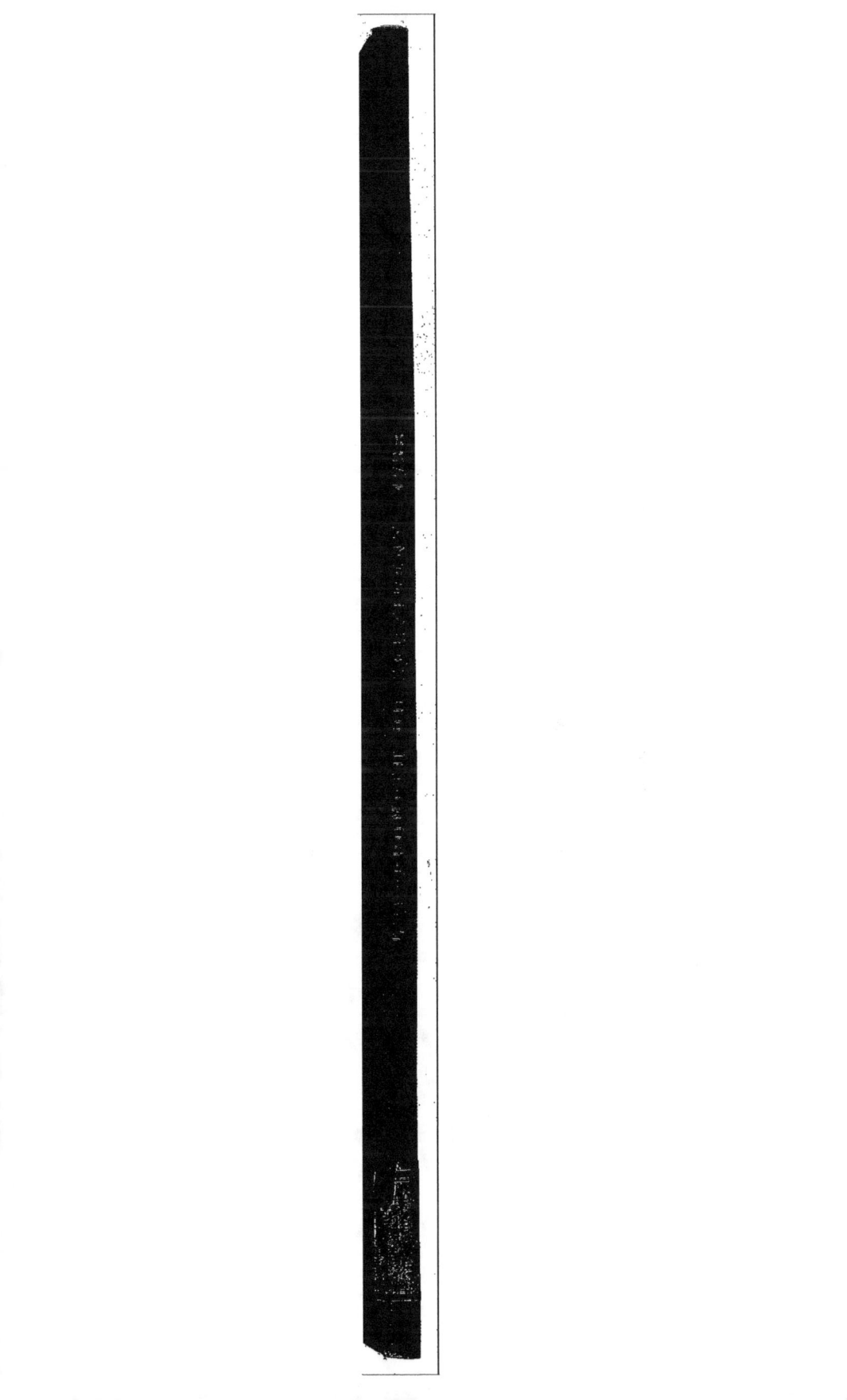

www.ingramcontent.com/pod-product-compliance
Lightning Source LLC
Chambersburg PA
CBHW061526170626
46811CB00004B/1867